韓語入門

韓語40音習字帖

聽說讀寫 一本就通！

Contents

Lesson3
超實用單字大集合

남산타워

使用說明

字母筆劃教學
順著筆劃箭頭方向，你也能寫出最正確的韓文喔!!

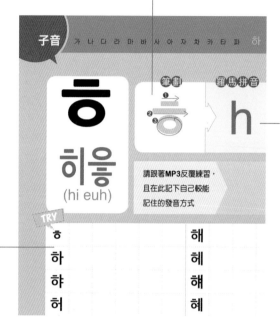

發音教學
跟著拼音、注音這樣唸，好學又好記!!
依照你的喜好，寫下屬於自己的音標吧!

讓你寫寫看
照著範例來練習，多寫幾次記得牢。

單字補充
補充精選單字，一氣呵成學韓文。

系列單字
收錄日常生活常用的單字，附上中文、韓文、羅馬拼音完整對照，清楚又好學。

示範例句
除了提供標準字句，更貼心使用替換式例句，學習會話事半功倍!!

母音

韓文的基本母音總共有10個，
透過基本母音變而成的雙母音
(又稱複合母音)則有11種變化。
接下來，就先將基本母音和雙母音完整的
介紹給大家認識。

母音列表：

ㅏ ㅑ ㅓ ㅕ ㅗ ㅛ ㅜ ㅠ ㅡ ㅣ	ㅐ ㅔ ㅒ ㅖ ㅘ ㅚ ㅙ ㅞ ㅝ ㅟ ㅢ
基本母音	雙母音

單純母音的寫法如上，但是一般在韓國找的韓文都不會以上列母音的樣子呈現，因為這些
列出來的母音並不是個完整的字，通常在母音前面都會加上"ㅇ"這個子音配上上列的母
音變成完整的一個字，所以都會看到的是下列的樣子：

아 야 어 여 오 요 우 유 으 이	애 에 얘 예 와 외 왜 웨 워 위 의
基本母音	雙母音

本書就依照母音們最常與大家碰面的樣子做母音教學了~開始吧！

羅馬拼音與注音發音僅為輔助背誦的相近發音，如果
想要有標準又道地的腔調，別忘了跟著mp3反覆練習
唷！

Track>1-1

아

	筆劃	羅馬拼音	注音發音
아	아	a	Y

請跟著**MP3**反覆練習，
且在此記下自己較能
記住的發音方式

TRY

ㅏ			
아			

ㅏ 아

아니다
a ni da 不是

아가씨
a ga ssi 小姐

아리랑
a li lang 阿里郎

아기
a gi 嬰兒

아동
a dong 兒童

Track>1-2

	筆劃	羅馬拼音	注音發音
야	야 ❶❷❸❹	ya	ㄧㄚ

請跟著MP3反覆練習，
且在此記下自己較能
記住的發音方式

TRY

ㅑ				
야				

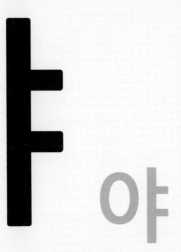

야

야시장

ya si jang 夜市

야간

ya gan 夜間

야채

ya chae 野菜

야구

ya gu 棒球

야외

ya oe 野外

Track>1-3

	筆劃	羅馬拼音	注音發音
어	어	eo	ㄛ

請跟著MP3反覆練習，
且在此記下自己較能
記住的發音方式

TRY

ㅓ			
어			

ㅓ 어

어른
eo leun 大人

어깨
eo kkae 肩膀

어린이
eo lin i 小孩

어디
eo di 哪裡

어학원
eo hak won 語言學校

Track>1-4

筆劃　羅馬拼音　注音發音

yeo　ㄧㄛ

請跟著MP3反覆練習，
且在此記下自己較能
記住的發音方式

TRY

ㅕ			
여			

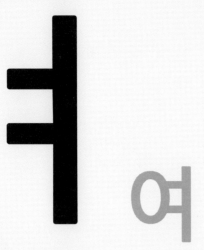

ㅕ 여

여러분
yeo leo bun 大家、各位

여기
yeo gi 這裡

여왕
yeo wang 女王

여보
yeo bo 親愛的

여행
yeo haeng 旅行

Track>1-5

筆劃　羅馬拼音　注音發音

ㅗ
오

請跟著MP3反覆練習，
且在此記下自己較能
記住的發音方式

TRY

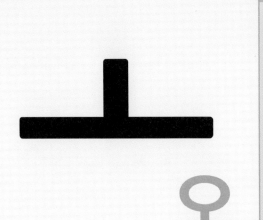

ㅗ
오

오렌지
o laen ji 橘子、橘色

오미자
o mi ja 五味子

오이
o i 小黃瓜

오리
o li 鴨子

오해
o hae 誤會

Track>1-6

筆劃　羅馬拼音　注音發音

yo　ㄧㄡ

請跟著**MP3**反覆練習，
且在此記下自己較能
記住的發音方式

TRY

ㅛ			
요			

ㅛ

요구르트
yo gu leu teu 乳酸飲料

요가
yo ga 瑜珈

요리
yo li 料理

요구
yo gu 要求

요트
yo teu 遊艇

Track>1-7

筆劃　　　羅馬拼音　　　注音發音

u　　　✕

請跟著MP3反覆練習，
且在此記下自己較能
記住的發音方式

TRY

ㅜ			
우			

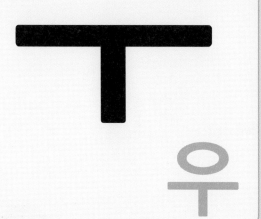

우산

u san 雨傘

우등

u deung 優等

우유

u yu 牛奶

우리

u li 我們

우주

u ju 宇宙

Track>1-8

筆劃　　　羅馬拼音　　　注音發音

> yu　ㄧㄨ

請跟著MP3反覆練習，
且在此記下自己較能
記住的發音方式

TRY

ㅠ			
유			

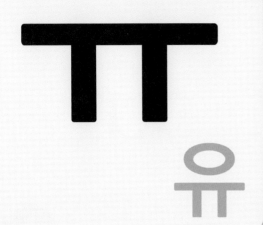

유도

yu do 柔道

유교

yu gyo 儒教

유리

yu li 玻璃

유기

yu gi 有機

유아

yu a 幼兒

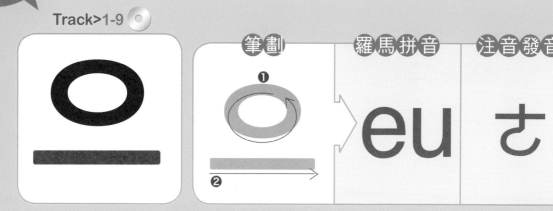

Track>1-9

筆劃　　羅馬拼音　　注音發音

eu　ㄜ

請跟著**MP3**反覆練習，
且在此記下自己較能
記住的發音方式

TRY

一

으

으

으스스 eu seu seu 冷颼颼

으깨다 eu kkae da 搗碎

으슥하다 eu seuk ha da 幽靜

으스대다 eu seu dae da 神氣

은 eun 銀

Track>1-10

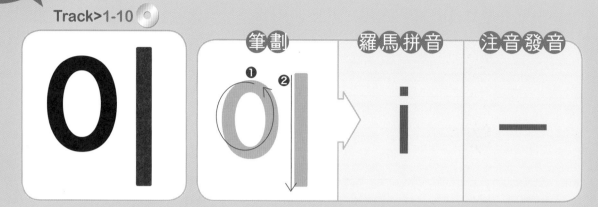

筆劃	羅馬拼音	注音發音

請跟著MP3反覆練習，
且在此記下自己較能
記住的發音方式

TRY

이

ㅣ 이

이따가

i tta ga 稍後

이동

i dong 移動

이론

i lon 理論

이미

i mi 已經

이모

i mo 阿姨

Track>1-11

	筆劃	羅馬拼音	注音發音
애	애	ae	ㄝ

請跟著MP3反覆練習，
且在此記下自己較能
記住的發音方式

TRY

ㅐ		
애		

ㅐ
애

애모
ae mo 傾心

애교
ae gyo 撒嬌

애정
ae jeong 愛情

애꾸눈
ae kku nun 單眼皮

애티
ae ti 孩子氣

Track>1-12

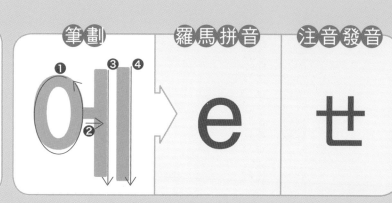

에

| 筆劃 | 羅馬拼音 | 注音發音 |

e

ㄝ

請跟著**MP3**反覆練習，
且在此記下自己較能
記住的發音方式

TRY

ㅔ

에

에

에어로빅
e eo lo bik 有氧舞蹈

에너지
e neo ji 能量

에이스
e i seu 王牌

에세이
e se i 自傳

에토스
e to seu 民族精神

Track>1-13

筆劃	羅馬拼音	注音發音
얘	yae	ㄧㄝ

請跟著MP3反覆練習，
且在此記下自己較能
記住的發音方式

TRY

ㅐ
얘

애

yae (那)孩子

애기(이야기)

yae gi（i ya gi）聊天(이야기的縮寫)

Track>1-14

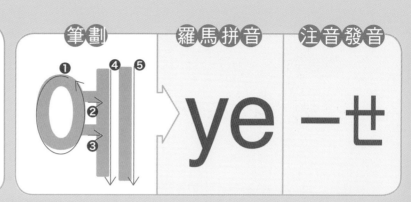

筆劃　羅馬拼音　注音發音

ye　ㄧㄝ

請跟著MP3反覆練習，
且在此記下自己較能
記住的發音方式

TRY

ㅖ
예

예

예교
ye gyo 禮教

예
ye 例如、是

예능
ye neung 才藝

예고
ye go 預告

예외
ye oe 例外

Track>1-15

筆劃	羅馬拼音	注音發音

와　>　wa　ㄨㄚ

請跟著MP3反覆練習，
且在此記下自己較能
記住的發音方式

TRY

와	
와	

와

와인
wa in 洋酒

와이어
wa i eo 鐵絲

와트
wa teu 瓦特

와이프
wa i peu 老婆

와해
wa hae 瓦解

Track>1-16

筆劃	羅馬拼音	注音發音
	oe	ㄨㅔ

請跟著MP3反覆練習，
且在此記下自己較能
記住的發音方式

TRY

ㅚ			
외			

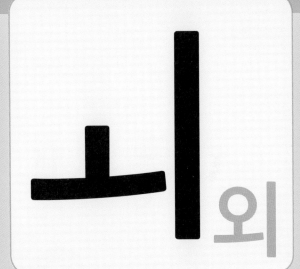

외

외교

oe gyo 外交

외계인

oe gye in 外星人

외로움

oe lo um 孤獨

외과

oe gwa 外科

외우다

oe u da 背誦

Track>1-17

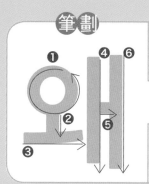

筆劃	羅馬拼音	注音發音
	wae	ㄨㄝ

請跟著MP3反覆練習，
且在此記下自己較能
記住的發音方式

TRY

내			
왜			

왜

왜곡
wae gok 歪曲(事實)

왜
wae 為什麼

왜냐하면
wae nya ha myeon 因為

왜구
wae gu 倭寇

왜소화
wae so hwa 貶低

Track>1-18

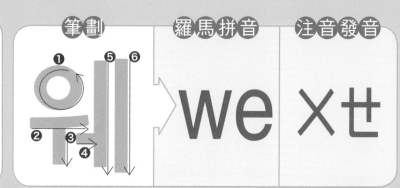

筆劃	羅馬拼音	注音發音
	we	ㄨㄝ

請跟著MP3反覆練習，
且在此記下自己較能
記住的發音方式

TRY

ㅞ			
웨			

웨딩

we ding 婚禮

웨이터

we i teo 服務員

Track>1-19

筆劃　羅馬拼音　注音發音

WO　ㄨㄛ

請跟著MP3反覆練習，
且在此記下自己較能
記住的發音方式

TRY

ㅓ

워

워크숍

wo keu syob 研討會

워싱턴

wo sing teon 華盛頓

원

won 元、院、員

워커

wo keo 軍鞋

원기

won gi 元氣

Track>1-20

請跟著**MP3**反覆練習，

且在此記下自己較能

記住的發音方式

TRY

ㅟ				
위				

ㅟ 위

위스키

wi seu ki 威士忌

위

wi 上面、胃

위트

wi teu 機智

위기

wi gi 危機

위풍

wi pung 威風

Track>1-21

筆劃	羅馬拼音	注音發音
의	ui	ㄜㅡ

請跟著MP3反覆練習，
且在此記下自己較能
記住的發音方式

TRY

ㅢ

의

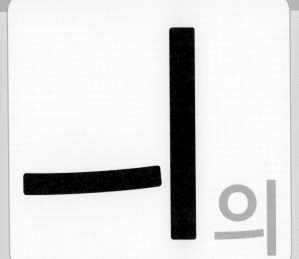
의

의사
ui sa 醫生

의기
ui gi 義氣

의자
ui ja 椅子

의무
ui mu 義務

의회
ui heo 議會

ㅢ（의）的三種發音

此母音的發音比較特別，當被擺在不同位置時，會有不同的念法：

1 擺字首時發의(ui)

如同在P.47頁所看到的補充單字，全部都是의開頭的單字，所以全部都是
發 ui 的音，當然以下單字也是一樣

의미	의아	의외
ui mi 意味	ui a 訝異	ui oe 意外

2 非字首時發의(i)

어의	우의	이의	의의
eo i 語意	ui 友誼	i i 異議	ui i i 意義

3 所有格時發의(ye)

저의…	친구의…	회사의…	학교의…
jeo ye 我的…	chin gu ye 朋友的…	heo sa ye 公司的…	hak gyo ye 學校的…

透過不同的單字，應該也比較清楚 의這個母音的發音了那麼來念念看下面的句子吧！

1	2	3
친구의 우의.	학교의 의의.	저의 의미.
chin gu ye u i	hak gyo ye ui i	jeo ye ui mi

韓文的基本子音總共有14個，
加上5個雙子音（複合子音），
共有19個。每個子音都有一個名稱，
而不是直接唸，這是和母音很不同的地方。
例如：ㄱ(g)、ㄴ(n)、ㄷ(d)
分別叫做來기역(gi yeok)、니은(ni eun)、
디귿(di geug)，這點要特別注意！

子音列表：

ㄱ ㄴ ㄷ ㄹ ㅁ ㅂ ㅅ ㅇ ㅈ ㅊ ㅋ ㅌ ㅍ ㅎ	ㄲ ㄸ ㅃ ㅆ ㅉ
基本子音	雙子音

一般學習韓文的子音都會以單音節來作教學後，再配合母音的發音拼成一個完整的字音去
做練習，拼音方式如下：

ㄱ(g) + ㅏ(a) = 가(ga)、ㄴ(n) + ㅓ(eo) = 너(neo)、ㄷ(d) + ㅗ(o) = 도(do)

因此我們將以每個子音搭配ㅏ(a) 這個母音來做發音練習：

가 나 다 라 마 바 사 아 자 차 카 타 파 하	까 따 빠 싸 짜
基本子音	雙子音

接下來的子音教學，就一起搭配母音發音的單音節教學跟子音名稱一起練習吧！

羅馬拼音與注音發音僅為輔助背誦的相近發音，如果
想要有標準又道地的腔調，別忘了跟著mp3反覆練習
唷！

Track>2-1

ㄱ
기역
(gi yeok)

筆劃　羅馬拼音　注音發音

❶ g/k 《

請跟著MP3反覆練習，
且在此記下自己較能
記住的發音方式

TRY

ㄱ		개	
가		게	
갸		걔	
거		계	
겨		과	
고		괴	
교		괘	
구		궤	
규		궈	
그		귀	
기		긔	

ㄱ

구구단
gu gu dan 九九乘法

가구
ga gu 家具

개
gae 狗

거리
geo li 街道

귀
gwi 耳朵

Track>2-2

ㄴ
니은
(ni eun)

筆劃　羅馬拼音　注音發音

ㄴ　n　ㄋ

請跟著MP3反覆練習，
且在此記下自己較能
記住的發音方式

TRY

ㄴ	내
나	네
냐	냬
너	녜
녀	놔
노	뇌
뇨	놰
누	눼
뉴	눠
느	뉘
니	늬

ㄴ

눈

nun 雪、眼睛

나누다

na nu da 分

뉴스

nyu seu 新聞

노년

no nyeon 老年

뇌

noe 腦

Track>2-3

筆劃	羅馬拼音	注音發音
❶ ❷ ㄷ	d/t	ㄉ

ㄷ
디귿
(di geud)

請跟著MP3反覆練習，
且在此記下自己較能
記住的發音方式

TRY

ㄷ	대
다	데
댜	대
더	뎨
뎌	돠
도	되
됴	돼
두	둬
듀	뒈
드	뒤
디	듸

ㄷ

드라마
deu la ma 偶像劇

다리
da li 腿

대단하다
dae dan ha da 了不起

드디어
deu eui eo 終於

뛰다
ttwi da 跑

Track>2-4

ㄹ

리을

(li eul)

筆劃　羅馬拼音　注音發音

ㄹ > l/r ㄌ

請跟著MP3反覆練習，
且在此記下自己較能
記住的發音方式

TRY

ㄹ	래
라	레
랴	럐
러	례
려	롸
로	뢰
료	뢔
루	뤠
류	뤄
르	뤼
리	릐

ㄹ

리더

li deo 隊長

라면

la myeon 拉麵

레몬

le mon 檸檬

로마

lo ma 羅馬

레이저

le i jeo 雷射

Track>2-5

筆劃　羅馬拼音　注音發音

m　ㄇ

ㅁ
미음
(mi eum)

請跟著MP3反覆練習，
且在此記下自己較能
記住的發音方式

TRY

ㅁ				매		
마				메		
먀				먜		
머				몌		
며				와		
모				뫼		
묘				뫠		
무				뭬		
뮤				뭐		
므				뮈		
미				믜		

미모

mi mo 美貌

모사

mo ja 帽子

메모

me mo 便條

무

mu 蘿蔔

메아리

me a li 回音

Track>2-6

ㅂ
비읍
(bi eub)

筆劃　羅馬拼音　注音發音

b/p　ㄅ

請跟著MP3反覆練習，
且在此記下自己較能
記住的發音方式

TRY

ㅂ	배
바	베
뱌	뱨
버	볘
벼	와
보	뵈
뵤	봬
부	붸
뷰	붜
브	뷔
비	븨

부부

bu bu 夫婦

바나

ba da 海

비

bi 雨

부모

bu mo 父母

배

bae 肚子、船、梨子

Track>2-7

ㅅ

시옷
(si os)

筆劃	羅馬拼音	注音發音
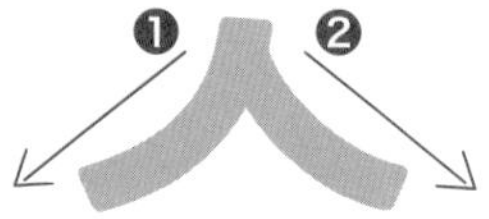	S	ㄙ

請跟著**MP3**反覆練習，
且在此記下自己較能
記住的發音方式

TRY

ㅅ						새					
사						세					
샤						섀					
서						셰					
셔						솨					
소						쇠					
쇼						쇄					
수						쉐					
슈						숴					
스						쉬					
시						싀					

수술
su sul 手術

사자
sa ja 獅子

새우
sae u 蝦子

쇼핑
syo ping 購物

쉬다
swi da 休息

Track>2-8

ㅇ

이응
(i eung)

 不發音 | 不發音

請跟著MP3反覆練習，
且在此記下自己較能
記住的發音方式

TRY

ㅇ	애
아	에
야	얘
어	예
여	와
오	외
요	왜
우	웨
유	워
으	위
이	의

ㅇ

ㅇ

오아시스
o a si seu 緑洲

아이돌
a i dol 偶像

용기
yong gi 勇氣

약간
yak gan 稍微

우수
u su 優秀

Track>2-9

ㅈ

지읗
(ji euj)

筆劃　ㅈ　❶❷

羅馬拼音　j

注音發音　ㄗ

請跟著MP3反覆練習，
且在此記下自己較能
記住的發音方式

ㅈ	재
자	제
쟈	쟤
저	졔
져	좌
조	죄
죠	좨
주	줴
쥬	줘
즈	쥐
지	즤

조장

jo jang 組長

자리

ja li 位子

주부

ju bu 主婦

저자

jeo ja 作者

쥐

jwi 老鼠

Track>2-10

ㅊ
치읗
(chi euch)

筆劃　羅馬拼音　注音發音

ch｜ㄘ

請跟著MP3反覆練習，
且在此記下自己較能
記住的發音方式

TRY

ㅊ	채
차	체
챠	채
처	체
쳐	좌
초	최
쵸	쵀
추	췌
츄	춰
츠	취
치	츼

치마

chi ma 裙子

차

cha 茶、車子

치과

chi gwa 牙醫

처리

cheo li 處理

체육회

che yuk hoe 體育會

Track>2-11

筆劃　羅馬拼音　注音發音

ㅋ

키읔
(ki euk)

k　ㄎ

請跟著MP3反覆練習，
且在此記下自己較能
記住的發音方式

TRY

ㅋ		캐	
카		케	
캬		캐	
커		켸	
켜		콰	
코		쾨	
쿄		쾌	
쿠		퀘	
큐		퀴	
크		퀴	
키		킈	

70

ㅋ

칼
kal 刀

카네이션
ka ne i syeon 康乃馨

커피
keo pi 咖啡

카드
ka deu 卡片

코
ko 鼻子

Track>2-12

ㅌ

티읕
(ti eut)

❶ ❷ ❸ ㅌ → t ㄊ

請跟著MP3反覆練習，
且在此記下自己較能
記住的發音方式

TRY

ㅌ	태
타	테
탸	턔
터	톄
텨	톼
토	퇴
툐	퇘
투	퉤
튜	퉈
트	튀
티	틔

ㅌ

투표

tu pyo 投票

타자

ta ja 打字

트림

teu lim 打嗝

토마토

to ma to 番茄

튀김

twi gim 油炸物

Track>2-13

ㅍ

피읖
(pi eup)

筆劃　羅馬拼音　注音發音

p　ㄆ

請跟著MP3反覆練習，
且在此記下自己較能
記住的發音方式

TRY

ㅍ	패
파	페
퍄	패
퍼	폐
펴	퐈
포	피
표	퐤
푸	풰
퓨	풔
ㅍ	퓌
피	피

포도

po do 葡萄

파

pa 蔥

프랑스

peu lang seu 法國

파리

pa li 巴黎、蒼蠅

패기

pae gi 霸氣

Track>2-14

ㅎ
히응
(hi euh)

筆劃　羅馬拼音　注音發音

h　ㄏ

請跟著MP3反覆練習，
且在此記下自己較能
記住的發音方式

TRY

ㅎ	해
하	헤
햐	해
허	혜
혀	화
호	회
효	홰
후	훼
휴	훠
후	휘
히	희

호수
ho su 湖水

하늘
ha neul 天空

해결
hae gyeol 解決

하마
ha ma 河馬

화교
hwa kyo 華僑

Track>2-15

ㄲ
쌍기역
(ssang gi yeok)

筆劃　羅馬拼音　注音發音

kk　《《

請跟著MP3反覆練習，
且在此記下自己較能
記住的發音方式

TRY

ㄲ	깨
까	께
꺄	깨
꺼	꼐
껴	꽈
꼬	꾀
꾜	꽤
꾸	꿰
뀨	꿔
ㄲ	뀌
끼	끼

ㄲ

꼬리
kko li 尾巴

까마귀
kka ma gwi 烏鴉

깨끗하다
kkae kkeus ha da 乾淨

껌
kkeom 口香糖

꾀꼬리
kkoe kko li 黃鶯

Track>2-16

筆劃	羅馬拼音	注音發音
ㄸ	tt	ㄅ

ㄸ
쌍디귿
(ssang di geud)

請跟著MP3反覆練習，
且在此記下自己較能
記住的發音方式

TRY

ㄸ	때
따	떼
땨	때
떠	뗴
뗘	똬
또	뙤
뚀	뙈
뚜	뛔
뜌	뛰
뜨	뛰
띠	띄

ㄸ

뚜껑
ttu kkeong 蓋子

따라오다
tta la o da 跟隨

뜨겁다
tteu geob da 熱

따뜻하다
tta tteus ha da 溫暖

땡땡이치다
ddaeng ddaeng i chi da 翹課

Track>2-17

ㅃ

쌍비읍
(ssang bi eub)

筆劃　羅馬拼音　注音發音

pp　ㄅ

請跟著MP3反覆練習，
且在此記下自己較能
記住的發音方式

TRY

ㅃ	빼
빠	뻬
뺘	뺴
뻐	뼤
뼈	뽜
뽀	뾔
뽀	뽜
뿌	뿨
뷰	뿍
쁘	쀠
삐	쁴

ㅃ

뻐꾸기
ppeo kku gi 布穀鳥

빵
ppang 麵包

뼈
ppyeo 骨

뺨따귀
ppyang tta gwi 耳光

뽀뽀
ppo ppo 親

Track>2-18

筆劃　羅馬拼音　注音發音

SS ㄙ

从
쌍시옷
(ssaug si os)

請跟著MP3反覆練習，
且在此記下自己較能
記住的發音方式

TRY

从	쌔
싸	쎄
쌰	쌔
써	쎼
쎠	쏴
쏘	쐬
쏘	쐐
쑤	쒜
쓔	쒀
쓰	쒸
씨	씌

84

从

쓰러지다

psseu leo ji da 跌倒

싸리비

ssa li bi 掃帚

쓰레기

sseu se gi 垃圾

쑤시다

ssu si da 酸痛

씌우다

ssui u da 套

Track>2-19

ㅉ

쌍지읒
(ssang ji euj)

筆劃 | 羅馬拼音 | 注音發音

jj | ㄗ

TRY

請跟著MP3反覆練習，
且在此記下自己較能
記住的發音方式

ㅉ	째
짜	쩨
쨔	째
쩌	쪠
쪄	쫘
쪼	쬐
쬬	쫴
쭈	쮀
쮸	쭤
쯔	쮜
찌	쯰

ㅉㅊ

찌꺼기
jja kkeo gi 屑

짜릿짜릿
jja lis jja lis 刺痛感

찌개
jji gae 湯

쪼아먹다
jjo a meok da 啄食

쬐다
jjoe da 曬

為何子音會有各自的名稱？

學完了14個基本子音加5個雙子音後，是否都有熟記他們的單音節發音呢？那麼現在來說說看為何韓文的子音發音有分單音節跟各自的專屬名稱吧！

為什麼會有這樣的差別呢？以韓文中有最特別的收尾音(終聲)來說，是由基本子音和雙子音拼湊而成的，共有25種變化，但是其中的代表發音卻只有7種，為了分清楚後面收尾音是怎麼標示的就會運用到每個子音的專屬名稱了。

以中文的例子來說，詢問他人大名的時候也會因為不知道是"智慧的慧"還是"恩惠的惠"，雖然說韓文子音的名稱不像中文一樣有單詞的意義，但是卻是可以因為每個子音各自的名稱而很清楚的分辨出收尾音是怎樣的組合了。

收尾音整理

內文：韓文最具特色的就是收尾音(又稱終聲)，總共加起來雖然有25種不同的收尾音，但是代表的發音卻只有7個，類似英文單字中的：-k<각(gak)>、-n<난(nan)>、-t<닫(dat)>、-p<밥(bap)>、-ng<*앙(ang)>這些英文字母結尾時會發出的一點尾音，透過以下的表格就可以知道得很清楚了。

*註：앙(ang)的發音因為ㅇ當第一個子音時不發音，但是當收尾音時則發-ng

相關收尾音	發音
ㄱ、ㅋ、ㄳ、ㄹㄱ	-k
ㄴ、ㄵ、ㄶ	-n
ㄷ、ㅅ、ㅈ、ㅊ、ㅌ、ㅎ	-t
ㄹ、ㄼ、ㄽ、ㄾ、ㅀ	-l
ㅁ、ㄻ	-m
ㅂ、ㅍ、ㄼ、ㄿ、ㅄ	-p
ㅇ	-ng

字母表

所有的子、母音的發音都學過了，那現在透過字母表可以再練習一次，且加深印象。

字母表主要是讓大家習慣韓文的書寫方式，並不是每個字都會使用到，
在裡面也是會有不常見的字出現喔！

	ㅏ	ㅑ	ㅓ	ㅕ	ㅗ	ㅛ	ㅜ	ㅠ	ㅡ	ㅣ
ㄱ	가	갸	거	겨	고	교	구	규	그	기
ㄴ	나	냐	너	녀	노	뇨	누	뉴	느	니
ㄷ	다	댜	더	뎌	도	됴	두	듀	드	디
ㄹ	라	랴	러	려	로	료	루	류	르	리
ㅁ	마	먀	머	며	모	묘	무	뮤	므	미
ㅂ	바	뱌	버	벼	보	뵤	부	뷰	브	비
ㅅ	사	샤	서	셔	소	쇼	수	슈	스	시
ㅇ	아	야	어	여	오	요	우	유	으	이
ㅈ	자	쟈	저	져	조	죠	주	쥬	즈	지
ㅊ	차	챠	처	쳐	초	쵸	추	츄	츠	치
ㅋ	카	캬	커	켜	코	쿄	쿠	큐	크	키
ㅌ	타	탸	터	텨	토	툐	투	튜	트	티
ㅍ	파	퍄	퍼	펴	포	표	푸	퓨	프	피
ㅎ	하	햐	허	혀	호	효	후	휴	흐	히
ㄲ	까	꺄	꺼	껴	꼬	꾜	꾸	뀨	끄	끼
ㄸ	따	땨	떠	뗘	또	뚀	뚜	뜌	뜨	띠
ㅃ	빠	뺘	뻐	뼈	뽀	뾰	뿌	쀼	쁘	삐
ㅆ	싸	쌰	써	쎠	쏘	쑈	쑤	쓔	쓰	씨
ㅉ	짜	쨔	쩌	쪄	쪼	쬬	쭈	쮸	쯔	찌

	ㅐ	ㅔ	ㅒ	ㅖ	ㅘ	ㅚ	ㅙ	ㅞ	ㅝ	ㅟ	ㅢ
ㄱ	개	게	걔	계	과	괴	괘	궤	궈	귀	긔
ㄴ	내	네	냬	녜	놔	뇌	놰	눼	눠	뉘	늬
ㄷ	대	데	댸	뎨	돠	되	돼	뒈	둬	뒤	듸
ㄹ	래	레	럐	례	롸	뢰	뢔	뤠	뤄	뤼	릐
ㅁ	매	메	먜	몌	뫄	뫼	뫠	뭬	뭐	뮈	믜
ㅂ	배	베	뱨	볘	봐	뵈	봬	뷔	붜	뷔	븨
ㅅ	새	세	섀	셰	솨	쇠	쇄	쉐	숴	쉬	싀
ㅇ	애	에	얘	예	와	외	왜	웨	워	위	의
ㅈ	재	제	쟤	졔	좌	죄	좨	줴	줘	쥐	즤
ㅊ	채	체	챼	쳬	촤	최	쵀	췌	춰	취	츼
ㅋ	캐	케	컈	켸	콰	쾨	쾌	퀘	쿼	퀴	킈
ㅌ	태	테	턔	톄	톼	퇴	퇘	퉤	퉈	튀	틔
ㅍ	패	페	퍠	폐	퐈	푀	퐤	풰	풔	퓌	픠
ㅎ	해	헤	햬	혜	화	회	홰	훼	훠	휘	희
ㄲ	깨	께	꺠	꼐	꽈	꾀	꽤	꿰	꿔	뀌	끠
ㄸ	때	떼	떄	뗴	똬	뙤	뙈	뛔	뚸	뛰	띄
ㅃ	빼	뻬	뺴	뼤	뽜	뾔	뽸	뿰	뿨	쀠	쁴
ㅆ	쌔	쎄	썌	쎼	쏴	쐬	쐐	쒜	쒀	쒸	씌
ㅉ	째	쩨	쨰	쪠	쫘	쬐	쫴	쮀	쭤	쮜	찌

	가	나	다	라	마	바	사	아	자	차	카	타	파	하	까	따	빠	싸	짜
ㄱ	각	낙	닥	락	막	박	삭	악	작	착	칵	탁	팍	학	깍	딱	빡	싹	짝
ㄴ	간	난	단	란	만	반	산	안	잔	찬	칸	탄	판	한	깐	딴	빤	싼	짠
ㄷ	갇	낟	닫	랃	맏	받	삳	앋	잗	찯	칻	탇	팓	핟	깓	딷	빧	싿	짣
ㄹ	갈	날	달	랄	말	발	살	알	잘	찰	칼	탈	팔	할	깔	딸	빨	쌀	짤
ㅁ	감	남	담	람	맘	밤	삼	암	잠	참	캄	탐	팜	함	깜	땀	빰	쌈	짬
ㅂ	갑	납	답	랍	맙	밥	삽	압	잡	찹	캅	탑	팝	합	깝	땁	빱	쌉	짭
ㅇ	강	낭	당	랑	망	방	상	앙	장	창	캉	탕	팡	항	깡	땅	빵	쌍	짱

超實用單字大集合

韓國人天天說！
精選最實用、最道地的韓文單字，
讓你在把韓文子母音都學好之後馬上能
開始透過單字來熟記每個子母音的發音和
拼音，快速增加記憶更能靈活運用隨口說！

除了補充日常實用單字外，
還特別放上句子可以替換不同的單字，
就可以更方便運用了！

韓文數字有兩種-漢字音數字與純韓文數字。
漢字音數字是專門用在年、日期、日、電話號碼等；純韓文數字則是量詞用，
舉例來說用在數數、年紀、幾點等(幾分幾秒則用漢字音數字)。

일 il 1	이 i 2	삼 sam 3	사 sa 4	오 o 5
육(륙) yok(lyok) 6	칠 chil 7	팔 pal 8	구 gu 9	십 sib 10
십일 sib il 11	십이 sib i 12	십삼 sib sam 13	십사 sib sa 14	십오 sib o 15
십육 sib yok 16	십칠 sib chil 17	십팔 sib pal 18	십구 sib gu 19	이십 I sib 20
삼십 sam sib 30	사십 sa sib 40	오십 o sib 50	육십 yok sib 60	칠십 chil sib 70
팔십 pal sib 80	구십 gu sib 90	백 byaek 100	천 cheon 1000	만 man 10000

例 제 생일은 OO년 OO월 OO일입니다. 我的生日是OO年OO月OO日。

je saeng il eun OO nyeon OO wol OO il ib ni da.

(韓國人習慣使用西元年次，舉例：1980年就只說80年，1990年就只說90年生)

제 전화번호는 OOOO-OOOO입니다. 我的電話號碼是OOOO-OOOO。

je jeon hwa beon ho neon OOOO-OOOO il ib ni da.

하나/한 ha na/han 一	둘/두 dul/du 二	셋/세 ses/se 三	넷/네 nes/ne 四	다섯 da seos 五
여섯 yeo seos 六	일곱 il gob 七	여덟 yeo deolb 八	아홉 a hob 九	열 yeol 十
열하나/열한 yeol ha na/yeol han 十一	열둘/열두 yeoldul/yeol du 十二	열셋/열세 yeolses/yeol se 十三	열넷/열네 yeolnes/yeol ne 十四	열다섯 yeol da seos 十五
열여섯 yeol yeo seos 十六	열일곱 yeolil gob 十七	열여덟 yeol yeo deolb 十八	열아홉 yeol a hob 十九	스물/스무 seumul/seu mu 二十
서른 seoleun 三十	마흔 ma heun 四十	쉰 swin 五十	예순 ye sun 六十	일흔 ilgeun 七十
여든 yeo deun 八十	아흔 a heun 九十	백 byaek 100	천 cheon 1000	만 man 10000

例 사과를 O개 주세요. 請給我O個蘋果。

<u>sa gwa reul   O gae   ju se yo.</u>

PS 數字1到4當後面加上量詞時會產生變化。하나→한 둘→두 셋→세 넷→네

自我介紹 — 國家

대만 tae man 台灣	대한민국 tae han min guk 韓國	일본 il bon 日本	중국 chungguk 中國	미국 miguk 美國	캐나다 kea na da 加拿大	호주 ho ju 澳洲	영국 yeongguk 英國

例 저는 ○○에서 온 ○○○입니다. 我是從○○來的○○○(名字)。
jeo neun ○○e seo on ○○○ ib ni da.

 星座

양자리 yang ja li 牡羊座	황소자리 hwang so ja li 金牛座	쌍둥이자리 ssang dong ija li 雙子座	게자리 ge ja li 巨蟹座	사자자리 sa ja ja li 獅子座	처녀자리 cheo nyeo ja li 處女座
천칭자리 cheon ching ja li 天秤座	전갈자리 jeo gal ja li 天蠍座	사수자리 sa su ja li 射手座	염소자리 yeom so ja li 摩羯座	물병자리 mul byeong ja li 水瓶座	물고기자리 mul go gi ja li 雙魚座

例 제 별자리는 ○○자리입니다. 我的星座是○○座。
je byeol ja li neun ○○ja li ibni da.

 血型

A형 A hyeong A 型	B형 B hyeong B 型	O형 O hyeong O 型	AB형 AB hyeong AB 型

例 제 혈액형은 ○○형입니다. 我的血型是○○型。
je hyeol aek hyeong eun ○○ hyeong ib ni da.

生肖

쥐 jwi 鼠	소 so 牛	호랑이 ho lang i 虎	토끼 to kki 兔	용 yong 龍	뱀 baem 蛇
말 mal 馬	양 yang 羊	원숭이 won sung i 猴	닭 dalg 雞	개 gae 狗	돼지 dwae ji 豬

例 저는 ○○띠입니다. 我是屬○○生肖的。
jeo neun ○○ tti ib ni da.

家族

아버지(아빠) a beo ji (a ppa) 爸爸	어머니(엄마) eo meo ni(eom ma) 媽媽	누나 nu na 姊姊(男生用法)	언니 eon ni 姊姊(女生用法)	형 hyeong 哥哥(男生用法)	오빠 o ppa 哥哥(女生用法)
남동생 nam dong saen 弟弟	여동생 yeo dong saen 妹妹	쌍둥이 ssang dung i 雙胞胎	외아들 oe a deul 獨生子	외동딸 oe dong ttal 獨生女	아들、딸 a deul、ttal 兒子、女兒
할아버지 hal a beo ji 爺爺	할머니 hal meo ni 奶奶	외할아버지 oe hal a beo ji 外公	외할머니 oe hal meo ni 外婆	시아버지 si a bei ji 公公	시어머니 si eo meo ni 婆婆
남편 nam pyeon 丈夫	아내 a nae 妻子	삼촌 sam chon 叔叔	고모 go mo 姑姑	외삼촌 oe sam chon 舅舅	이모 i mo 阿姨

例 이 분이 우리 ○○○입니다. 這位是我○○。
I bun i u ri ○○○ib ni da.

 感情世界

짝사랑 jjak sa lang 單戀	사귀다 sa kwi da 交往	연애 yeon ae 戀愛	실연 sil yeon 失戀	데이트 de i teu 約會	결혼 gyeol hon 結婚
바람둥이 ba lam dung i 花花公子	양다리 yang da li 劈腿	남자친구 nam ja chin gu 男朋友	여자친구 yeo ja chin gu 女朋友	애인 ae in 戀人	부부 bu bu 夫婦

例 이 분은 제 남자친구 / 여자친구 입니다. 這位是我的 男朋友 / 女朋友。
i bun eun je nam ja chin gu / yeo ja chin gu ib ni da.

제 남자친구 / 여자친구 될 수 있습니까? 可以做我的 男朋友 / 女朋友 嗎？
je nam ja chin gu / yeo ja chin gu doel su iss seub ni kka?

저는 오늘 데이트 있습니다. 我今天有約會。
jeo neun o neul de i teu iss seub ni da.

그 사람은 바람둥이입니다. 那個人是花花公子。
geu sa lam eun ba lam dung i ib ni da.

저는 지금은 짝사랑 / 연애 / 실연 중입니다.
我現在是 單戀 / 戀愛 / 失戀 中。
jeo neun ji geum eun jjak sa lang / yeon ae / sil yeon jung ib ni da.

 簡單 生活用語

안녕하세요! an nyeon ha se yo 您好	안녕히 가세요 an nyeon hi ga se yo 再見(請慢走之意)	안녕히 계세요 an nyeon hi gye se yo 再見(請留步之意)
죄송합니다 joe song hab ni da 對不起	감사합니다 gam sa hab ni da 謝謝	괜찮습니다 gwaen chanh seub ni da 沒關係

 日常生活

거실 geo sil 客廳	소파 so pa 沙發	방 bang 房間	화장실 hwa jang sil 廁所	욕실 yok sil 浴室	옷장 os jang 衣櫃
침대 chim dae 床	베개 be gae 枕頭	이불 i bul 棉被	슬리퍼 seul li peo 拖鞋	칫솔 chis sol 牙刷	치약 chi yak 牙膏
책상 chaek sang 書桌	시계 si gye 時鐘	주방、부엌 ju bang、bu eok 廚房	식탁 sik tak 餐桌	정원 jeong won 花園	창문 chang mun 窗戶
유리 yu li 玻璃	벽 byeok 牆	세탁기 se tak gi 洗衣機	냉장고 naeng jang go 冰箱	선풍기 seon pung gi 電風扇	에어콘 e eo kon 冷氣

例 여기는 우리 집입니다. 這裡是我們家。
yeo gi neun u li jib ib ni da.

여기는 제 방입니다. 這裡是我的房間。
yeo gi neun jae bang ib ni da.

OOOO은 / 는 여기 있습니다. OO在這邊。
OOOOeun / neun yeo gi iss seub ni da.

97

職業 各行各業

회사원 hoe sa won 上班族	선생님 seon saeng nim 老師	공무원 gong mu won 公務員	군인 gun in 軍人
상인 sang in 商人	요리사 yo li sa 廚師	미용사 mi yong sa 美容師	의사 선생님 ui sa seon saeng nim 醫生
회계사 hoe gyeo sa 會計	예술가, ye sul ga 藝術家	업무(세일즈) eob mu (se il jeu) 業務(sales)	행정 haeng jeong 行政
사장님 sa jang nim 老闆	매니저 mae ni jeo 主管	직원 jik won 職員	아르바이트(알바) a leu ba i teu (al ba) 打工
가수 ka su 歌手	학생 hak saeng 學生	경찰 gyeong chal 警察	점원 jeom won 店員

例 제 직업은 OO입니다. 我是一位OO。

je jik eub eun OO ib ni da.

제가 OO이 / 가 되고 싶습니다.
我的夢想是當一位OO。

je ga OO (i) / ga doe go sip seub ni da.

회사 hoe sa 公司	지사 ji sa 分公司	출근 chul geun 上班	퇴근 toe geun 下班	야근 ya geun 加班
출장 chul jang 出差	당직 dang jik 值班	회의 hoe ui 會議	승진 seung jin 升遷	퇴직 toe jik 退休

잠시만 기다려주세요 cham si man gi da lyeo ju oo yo 請稍等一下	지금은 안 계십니다 ji geum eun an gye sib ni da 現在不在位子上	메모를 남겨드리게요 me mo leul nam gyeo deu li gye yo 幫您留個紙條
회의중 hoe ui jung 會議中	환영회 hwan yeong hoe 迎新會	술자리 (접대) sul ja li (jeob dae) 應酬

例 저는 항상 아침 8시에 출근하고 저녁 6시에 퇴근합니다.
jeo neun hang sang a chim 8 si e chul geun ha go jeo nyeok 6 si e toe geun hab ni da.
我通常都是早上八點上班下午六點下班。

오늘 야근 / 출장 / 당직 / 회의 있습니다. 今天要 加班 / 出差 / 值班 / 開會。
o neul ya geun / chul jang / dang jik / hoe ui iss seub ni da.

이 번 달에 저는 승진이 되었습니다. 這個月我要升職了。
i beon dal e jeo neun seung jin i doe eoss seub ni da.

누구를 찾으십니까? 請問您找哪位?
nu gu leul chaj eu sib ni kka?

오늘 회의 / 술자리 / 환영회 참석합니까?
o neul hoe ui / sul ja li / hwan yeong hoe
cham seok ha ni kka?
會出席今天的 會議 / 聚會 / 歡迎會 嗎?

季節、節日

봄 bom 春	여름 yeo leum 夏	가을 ga eul 秋	겨울 gyeo ul 冬

例 제가 좋아하는 계절은 OO입니다. 我喜歡的季節是OO。
je ga　joh a ha neun　gye jeol eun　OO ib ni da.

天氣

맑음 malg eum 晴天	흐림 heu lim 陰天	비 bi 雨	눈 nun 雪	천둥 cheon dung 閃電	번개 beon gae 打雷
바람 ba lam 風	태풍 tae pung 颱風	홍수 hong su 洪水	지진 ji jin 地震	건조 geon jo 乾燥	습기 seub gi 潮濕

例 오늘도 비가 / 눈이 왔습니다. 今天又 下雨 / 下雪了。
o neul do　bi ga /　nun i　wass seub ni da.

대만은 한국보다 습기가 더 많습니다. 台灣的濕氣比韓國還要重。
tae man neun　han kuk bo da　seub gi ga　deo　manh seub ni da.

대만은 여름 때마다 태풍이 있습니다. 台灣每到夏天都會有颱風。
tae man eun　yeo leum　ttae ma da　tae pung i　iss seub ni da.

저는 맑은 / 흐린 날씨를 좋아합니다. 我喜歡 晴朗 / 陰天 的天氣。
jeo neun　malk neun /　heu lin　nal ssi leul　joh a hab ni da.

일월 il wol 一月	이월 i wol 二月	삼월 sam wol 三月	사월 sa wol 四月
오월 o wol 五月	유월 yu wol 六月	칠월 chil wol 七月	팔월 pal wol 八月
구월 gu wol 九月	시월 si wol 十月	십일월 sib il wol 十一月	십이월 sib i wol 十二月

例 5월은 한국에서 가족의달이라고 합니다. 五月被稱為是韓國的家庭月。
5 wol eun han kuk e seo ga jok ae dal i la go hab ni da.

7월부터 8월까지는 여름방학 기간입니다. 7月到8月是暑期放假期間。
7 wol bu teo 8 wol kka ji neun yeo leum bang hak gi gan ib ni da.

9월 때는 한국에 단풍이 되게 예쁩니다. 9月時韓國的楓葉特別美麗。
9 wol ttae neun han kuk e dan pung i dae ge ye ppeub ni da.

12월 때는 눈사람을 만들 수 있습니다. 12月可以做雪人。
12 wol ttae neun nun sa lam eul man deul su iss seub ni da.

101

 韓國的特殊節日

 KOREA

1/1 (陽曆)	새해 sae hae 新年		5/5 (陰曆)	단오절 dan o jeol 端午節	
1/1 (陰曆)	설 seol 新年		5/8	어버이날 eo beo i nal 父母節	
1/15 (陰曆)	정월 대보름 jeong wol dae bo leum 元宵節	PS.每個月的農曆十五日都是月圓(보름)，1/15、8/15會特別重視	5/15	스승의날 seu seung ui nal 教師節	
2/14	발렌타인데이 bal len ta in de i 情人節		8/15 (陰曆)	추석 chu seok 中秋	
3/14	화이트데이 hwa i teu de i 白色情人節		10/30	할로윈 hal lo win 萬聖節	
4/14	블랙데이 beul laek de i 黑色情人節	PS.單身男女會相約去吃醬料是黑色的炸醬麵	11/11	빼빼로데이 ppae ppae lo de i 巧克力棒情人節	PS.11/11如同雙雙對對的情侶，所以這天大家會互送巧克力棒
5/5	어린이날 eo lin i nal 兒童節		12/25	크리스마스 keu li seu ma seu 聖誕節	

例 새해 때 어린이는 새배돈만 있으면 기쁩니다. **每到農曆新年時孩子只要有壓歲錢就很開心。**
<u>sae hae</u> <u>ttae</u> <u>eo lin i neun</u> <u>sae bae don man</u> <u>iss eu myeon</u> gi ppeub ni da.

발렌타인데이 때 초콜렛과 장미 둘다 빠질 수 없습니다. **情人節時不能少了巧克力與玫瑰。**
<u>bal lent a in de i</u> ttae <u>cho kol les gwa</u> jang mi dul da ppa jil su eobs seub ni da.

추석 때는 대만은 월편을 먹지만 한국은 송편을 먹습니다. **中秋節台灣是吃月餅，但是韓國吃松片。**
<u>chu seok</u> ttae neun <u>tae man eun</u> <u>wol pyeon eul</u> <u>meok ji man</u> han kuk eun song pyeon eol meok seub ni da.

時間　星期

월요일 wol yoil 星期一(月)	화요일 hwa yoil 星期二(火)	수요일 su yoil 星期三(水)	목요일 mok yoil 星期四(木)
금요일 keum yoil 星期五(金)	토요일 to yoil 星期六(土)	일요일 il yoil 星期天(日)	주말 ju mal 週末

例 오늘은 OOOO입니다. 今天是OOOO。

o neul eun OOOO ib ni da.

時段

새벽 sae byeok 凌晨	일출 il chul 日出	낮 naj 白天	아침 a chim 早上	정오(점심) jeong o (cheom sim) 中午
저녁 jeo nyeok 傍晚	황혼 hwang hon 黃昏	일몰 il mol 日落	밤 bam 晚上	심야 sim ya 深夜

例 OO에 기분이 참 좋습니다. OO的時候心情最好。

OOe gi bun I cham joh seub ni da.

日期

한달에 3번은 뛰려나...

오늘 o neul 今天	어제 eo je 昨天	그저께 geu jeo kke 前天	그그저께 geu geu jeo kke 大前天
내일 nae il 明天	내일 모레 nae il le 後天	글피 geul pi 大後天	이번 주 i beon ju 這星期
지난 주 ji nan ju 上星期	다음 주 da eum ju 下星期	이번 달 i beon dal 這個月	지난 달 ji nan dal 上個月
다음 달 da eum dal 下個月	올해 ol hae 今年	작년 jak nyeon 去年	내년 nae nyeon 明年

날짜 nal jja 日期	시간 si gan 時間	시 si 時	분 bun 分	초 cho 秒

例 지금은 OO시 OO분 OO초입니다. 現在是OO點OO分OO秒。
ji geum eun OO si OO bun OO cho ib ni da.

場所　各類場所

편의점 pyeon ui jeom 便利商店	서점/책방 seo jeom/chaek pang 書店	문방구 mun bang gu 文具店	꽃집 kkoch jib 花店
신발 가게 sin bal ga ge 鞋店	마트 ma teu 超市	교회 gyo hoe 教會	묘/사당 myo/sa dang 廟宇
빵집 ppang jib 麵包店	과일 가게 gwa il ga go 水果店	미용실 mi yong sil 美容院	이발소 I bal so 理髮店
병원 byeong won 醫院	경찰서 gyeong chal seo 警察局	소방서 so bang seo 消防局	주유소 ju yu so 加油站

例 ㅇㅇㅇㅇ에 가려면 어떻게 갑니까?　請問要怎麼去ㅇㅇㅇㅇ？

ㅇㅇㅇㅇe ga lyeo myeon eo tteoh ge gab ni kka？

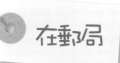 在郵局

우체국 u che guk 郵局	편지 pyeon ji 信件	우표 u pyo 郵票	엽서 yeob seo 明信片	등기 deung gi 掛號	소포 so po 包裹
이멤에스 i eme seu 快遞(EMS)	배편 bae pyeon 海運	보내는 사람 bo nae neun sa lam 寄件人	받는사람 bad neun sa lam 收件人		주소 ju so 地址

例 ㅇㅇ (地點)에 ㅇㅇ (配送方式)으로 보내주세요.　請幫我用ㅇㅇ寄到ㅇㅇ。

ㅇㅇe ㅇㅇ eu lo bo nae ju se yo.

在銀行

환율 hwan yul 匯率	은행 eun haeng 銀行	출금 chul geum 提款	입금 ib geum 存款
금액 geum aek 金額	지폐 ji pye 鈔票	동전 dong jeon 零錢	수수료 su su lyo 手續費
서명 seo myeong 簽名	인감 in gam 印章	비밀번호 bi mil beon ho 密碼	계좌번호 gye jwa beon ho 帳號
통장 tong jang 存摺	이체 i che 轉帳	조회 jo hoe 餘額查詢	명세표 myeong se pyo 明細表
대만돈 tae man don 台幣	달러 dal leo 美金	한국돈 han guk don 韓幣	일본엔 il bon en 日幣

例 지금 환율은 얼마예요? 現在匯率多少？
ji geum hwan yul eun eol ma e yo?

대만돈을 한국돈으로 바꿔 주세요. 請幫我把台幣換成韓幣。
tae man don eul han guk don eu lo ba kkwo ju se yo.

식당 sik dang 餐廳	레스토랑 le seu to lang 高級餐廳	한국 요리 han guk yo li 韓式料理	중국요리 jung guk yo li 中式料理
일본요리 il bon yo li 日式料理	메뉴 me nyu 菜單	영수증 yeong su jeung 收據	계산 gye san 結帳
젓가락 jeos ga lak 筷子	숟가락 sud ga lak 湯匙	접시 jeob si 小盤子	그릇 geu leus 碗
고추 go chu 辣椒	간장 gan jang 醬油	된장 down jang 味噌	참기름 cham gi leum 芝麻油

例 오늘 〇〇요리를 먹으러 갑시다. 今天去吃〇〇料理吧。

o neul 〇〇yo li ga meok eu leo gab si da.

저기요, 주문하겠습니다. 服務生，這邊要點餐。

jeo gi yo ju mun ha gess seub ni da.

（餐廳常用語）

오늘 〇〇에 밥을 먹으러 갑시다. 今天去〇〇吃飯吧。

o neul 〇〇 e bab eul meok eu leo gab si da.

어서 오세요. 歡迎光臨。

eo seo o se yo.

몇 분이세요？ 請問有幾位？

myeoch bun i se yo？

매운 / 안 매운 요리 있습니까？ 有辣的 / 不辣的 餐點嗎？

mae un / an mae un yo li iss seub ni kka？

김치 / 반찬 더 주세요. 請多給我泡菜 / 小菜。

gim chi / ban chan deo ju se yo.

方 向 位 置

方向

동 dong 東	서 seo 西	남 nam 南	북 buk 北
오른쪽 o leun jjok 右邊	왼쪽 oen jjok 左邊	위 wi 上面	아래 a lae 下面
옆 yeop 旁邊	앞 ap 前面	뒤 dwi 後面	밖 bakk 外面
안 an 裡面	속 sok 裡面(內部包起來)	가운데 ga un de 中間	건너편 geon neo pyeon 對面
여기 yeo gi 這個	거기 geo gi 那個(較近的)	저기 jeo gi 那個(較遠的)	어디 eo di 哪裡

例 제 가방은 ○○에 있습니다. 我的包包在○○。

je ga bang eun ○○ e iss seub ni da.

머리 meo li 頭	머리카락(머리) meo li ka lak (meo li) 頭髮	눈 nun 眼睛	쌍꺼풀 ssang kkeo pul 雙眼皮	코 ko 鼻子
귀 kwi 耳朵	입 ib 嘴巴	보조개 bo jo gae 酒窩	볼 bol 臉	턱 teok 下巴
목 mok 脖子	가슴 ga seum 胸部	배 bae 肚子	등 deung 背	손 son 手
손가락 son ga lak 手指頭	허리 heo li 腰	엉덩이 eong deong i 屁股	골반 gol ban 骨盆	발 bal 腳

例 몸이 안 좋습니다. 身體不好。<u>mom i an joh seub ni da.</u>

　OOOO(이)가 아픕니다. OOOO不舒服(痛)。<u>OOOO (i) ga a peub ni da.</u>

약국 yak guk 藥局	두통약 du tong yak 頭痛藥	소화제 so hwa je 消化劑	감기약 gam gi yek 感冒藥
해열제 hae yeol je 退燒藥	지사제 ji sa je 止瀉藥	위장약 wi jang yak 腸胃藥	한약 han yak 中藥

例 하루에 OO번, 식사 전에 / 식사 후에 드세요. 一天OO次，餐前 / 餐後 服用。

<u>ha lu e OObeon , sik sa jeon e / sik sa hu e deu se yo.</u>

땀냄새	발냄새	콧물	비듬
ttam name sae	bal nae sae	kos mul	bi deum
汗臭味	腳臭味	鼻水	頭皮屑
여드름	주근깨	무좀	암내
yeo deu leum	ju geun kkae	mu jom	am nae
青春痘	雀斑	香港腳	狐臭
감기	기침	열	설사
gam gi	gi chim	yeol	seol sa
感冒	咳嗽	發燒	腹瀉
두통	구역질	충치	식중독
du tong	gu yeok jil	chung chi	sik jung dok
頭痛	嘔吐	蛀牙	食物中毒
근육통	변비	생리통	골절
geun yok tong	byeon bi	saeng li tong	gol jeol
肌肉痠痛	便秘	生理痛	骨折

例 몸이 조금 아픕니다. 身體有些不舒服。

mom i jo geum a peub ni da.

병원에 가 본 적이 있습니까? 有去醫院看過了嗎?

byeong won e ga bon jeok i iss seub ni ga?

약을 챙기고 잘 먹어야 합니다. 要好好按時吃藥。

yeok eul chaeng gi go jal meok eo ya hab ni da.

빨리 나으세요. 早日康復。

ppal li na eu se yo.

김치찌깨 gim chi jji kkae 泡菜鍋	두부찌깨 du bu jji kkae 豆腐湯	삼계탕 sam gye tang 人參雞
떡볶이 tteok bokk i 辣炒年糕	순대 sun dae 血腸	불고기 bul go gi 烤肉
삼겹살 sam gyeob sal 五花肉	돼지갈비 dwae ji gal bi 豬排骨	닭갈비 dalg gal bi 雞排
돌솥비빔밥 dol sol bi bim bab 石鍋拌飯	해물파전 hae mul pa jeon 海鮮煎餅	한정식 han jeong sik 韓定食
감자탕 gam ja tang 馬鈴薯湯	매운탕 mae un tang 辣魚湯	청국장 cheong guk jang 清麴醬
김밥. gim bab 紫菜飯包	쌈밥 ssam bab 生菜包飯	냉면 naeng myeon 冷麵
자장면 ja jang myeon 炸醬麵	칼국수 kal guk sub 刀削麵	수제비 su je bi 麵疙瘩

例 ○○ ○○ 하나 주세요. 請給我一份○○。

　○○○○ <u>ha na</u> <u>ju se yo</u>.

111

烹煮方式

삶다	튀기다	굽다	찌다
salm da	twi gi da	gub da	jji da
水煮	炸	烤	蒸

例 이 음식을 요리하는 방법 가르쳐 줄 수 있습니까？ 可以告訴我這道菜的料理方式嗎？
i eum sik eul yo li ha neun bang beob ga leu chyeo jul su iss seub ni kka？

味道

맛있다	맛없다	맵다	짜다
mas siss da	mas eobs da	maeb da	jja da
好吃	不好吃	辣	鹹
시다	쓰다	달다	느끼하다
si da	sseu da	dal da	neu kki ha da
酸	苦	甜	油膩

例 짜서 맛없습니다. 因為鹹所以不好吃。
jja seo mas eobs seub ni da.

너무 셔서 못 먹습니다. 太酸所以沒辦法吃。
neo mu syeo seo mos meok seub ni da.

느끼해서 위가 불편합니다. 因為太油膩所以胃不舒服。
neu kki hae seo wi ga bul pyeon haeb ni da.

生活娛樂

逛街購物

환불 hwan bul 退貨	세금환불 se geum hwan geub 退稅	사이즈 sa i jeu 尺寸	봉지 / 봉투 bong ji / bong tu 袋子
여성복 yeo seong bok 女裝	남성복 nam seong bok 男裝	할인 hal in 打折	할부 hal bu 分期付款

例 깍아 주세요. 請算便宜一點。
kkag a ju se yo.

입어 봐도 됩니까? 可以試穿嗎?
Ib eo bwa do doeb ni kka?

사이즈 좀 안 맞는 것 같아요. 尺寸好像不是很合。
sa i jeu jom an maj neun geus gat a yo.

큰 / 작은 것으로 바꿔주세요. 請換大 / 小的尺寸給我。
keun / jak neun geus eo lo ba kkwo ju se yo.

休閒娛樂

비다오가게 bi di o ga ge 影片出租店	만화가게 man hwa ga ge 漫畫店	미술관 mi sul gwan 美術館	수족관 su jok gwan 水族館
박물관 bak mul gwan 博物館	국가공원 kuk ga gong won 國家公園	동물원 dong mul won 動物園	놀이터 nol i teo 遊樂場
경기장 (체육관) gyeong gi jang(che yuk gwan) 體育館	헬스클럽 hel seu keul leob 健身房	수영장 su yeong jang 游泳池	스키장 seu ki jang 滑雪場
영화관 yeong hwa gwan 電影院	PC방 pi ssi bang 網咖	노래방 no lae bang KTV	나이트클럽 na i teu keul leob 夜總會

例 어른표 / 어린이표 OO장 주세요. 請給我 成人票 / 孩童票 OO張。

eo leun pyeo / eo lin i pyeo OOjang ju se yo.

입장권은 어디서 팝니까? 門票在哪邊購買?

ib jang gwon eun eo di seo pab ni kka?

중국어로 된 음성안내기 대여 가능합니까? 請問有中文的語音導覽嗎?

jung kuk eo lo doen eum seong an nae gi dae yeo ga neung hab ni kka?

구경하려면 시간이 얼마나 걸립니까? 參觀的話需要多少時間呢?

gu gyeong ha lyeo myeon si gan i eol ma na geol lib ni kka?

觀 光、旅 行

在機場

공항 gong hang 機 場	비행기표 bi haeng gi pyo 機 票	여권 yeo gwon 護 照	수하물(짐) su ha mul (jim) 行 李
세관 hae gwan 海 關	창가쪽 chang ga jjok 靠 窗	통로쪽 tong lo jjok 走 道	면세점 myeon se jeom 免稅店

例 짐은 올려주세요. 行李請放上來。
jim eun ol lyeo ju se yo.

무게가 초과되었는데 조금만 빼 주시 겠습니까？ 有些超重，是否可以取出一些呢？
mu ge ga cho gwa doe eoss neun de jo geum man ppae ju si gess seub ni kka？

창가쪽 아니면 통로쪽으로 드립니까？ 靠窗戶還是靠走道呢？
chang ga jjok a ni myeon tong lo jjok eu lo deu lib ni kka？

비행기표가 여기 있고 탑승 게이트가 OO입니다. 機票在這邊，是OO登機門。
bi haeng gi pyo ga yeo gi iss go tap seung ge i teu ga OOib ni da.

大眾交通

버스 beo seu 公 車	지하철 ji ha cheol 捷運	기차 gi cha 火 車	고속철도 go sok cheol do 高速鐵路
정류장 jeong lyu jang 公車站牌	지하철역 ji ha cheol yeok 捷運站	기차역 gi cha yeok 火車站	버스터미널 beo seu teo mi neol 巴士總站
갈아타는 곳(환승하는 곳) gal a ta neun gos (hwan seung ha neun gos) 轉 乘	출발지 chul bal ji 出發地	목적지 mok jeok ji 目的地	매표소 mae pyo so 賣票所

例 제일 가까운 OO(은)는 어디에 있습니까？ 最近的OO在哪邊呢？
je il ga kka un OO(eun) neun eo di e iss seub ni kka？

 計程車

일반 택시 il ban taek si 一般計程車	모범 택시 mi beom taek si 模範計程車	미터 mi teo 計程表	운전 un jeon 司機
빈차 bin cha 空車	지름길 ji leum gil 捷徑	요금 yo geum 費用	거스름돈 geo seu leum don 找零

例 OOOO에 가려고하는데 지름길은 가주세요. **要去OOOO請走捷徑。**

OOe gal yeo go ha neun de ji leum gil eun ga ju se yo.

제일 빠른 길로 가주세요. **請走最快的路。**

je il bba leun gil lo ga ju se yo.

여기서 내려주세요. **請在這邊讓我下車。**

yeo gi seo nae lyeo ju se yo.

앞에 세워주세요. **請在前面停車。**

ab e se wo ju se yo.

PS 韓國的計程車有分兩種，一般計程車跟模範計程車；模範計程車大多是全黑的車體，駕駛則沒有任何前科，且除了會韓文以外也要會英文、日文等第二語言的溝通能力，模範計程車在韓國是可以讓人很放心的計程車，不會繞路也安全，但是相對的他的費用會比一般計程車貴上好幾倍；所以有到韓國搭計程車時千萬要注意自己攔到的是一般計程車或是模範計程車喔！

在旅館

하숙집 ha suk jib 寄宿	여관 yeo gwan 旅館	민박 min bak 民宿	호텔 ho tel 飯店	객실 gaek sil 客房	싱글 su ha mul 單人房
투원 tu won 雙人房	숙박비 suk bak bi 住宿費	체크인 che keu in 入住	체크아웃 che keu a us 退房	보관서비스 bo gwan seo bi seu 保管服務	장기체류 jang gi che lyu 長期居留
시설 si seol 設施	로비 lo bi 大廳	프런트 peu leon teu 服務台	인터넷 in teo nes 網路	전압 jeon ab 電壓	콘센트 kon sen teu 插座
변압기 byeon ab gi 變壓器	플러그 peul leo geu 轉換插頭	레스토랑 le seu to lang 餐廳	뷔페 bwi pe 自助餐	공중전화 gong jung jeon hwa 公用電話	세탁실 se tak sil 洗衣間
에어컨 e eo keon 冷氣	온돌 on dol 地熱	베개 be gae 枕頭	이불 i bul 被子	헤어 드라이어 he eo deu la i eo 吹風機	세면용품 se myeon yong pum 盥洗用品
	슬리퍼 seul li peo 拖鞋			전기포트 jeon gi po teu 熱水壺	

例 짐을 잠시 맡겨도 됩니까?　行李可以先寄放一下嗎？
<u>jim eul</u>　<u>jam si</u>　<u>mat gyeo do</u>　<u>doeb ni kka</u>？

하루에 얼마입니까?　一天多少錢呢？
<u>ha lu e</u>　<u>eol ma ib ni kka</u>？

방을 좀 보여줄 수 있습니까?　可以參觀一下房間嗎？
<u>bang eul</u>　<u>jom</u>　<u>bo yeo jul</u>　<u>su</u>　<u>iss seub ni kka</u>？

OOOO고장났으니까 고쳐 / 바꿔 / 도와주세요.　OOOO故障了請修理 / 換一個 / 幫忙一下。
<u>OOOOgo jang nass eo ni kka</u>　<u>go chyeo</u> / <u>ba kkwo</u> / <u>do wa ju se yo</u>.

입장료 ib jang lyo 入場費	지도 ji do 地 圖	관광지 gwan gwang ji 觀光地	유적지 yu jeok ji 古 蹟
기념품 gi nyeom pum 紀念品	기념촬영 gi nyeom chwal yeong 紀念照	가이드 책자 ga i deu chaek ja 導覽手冊	가이드 ga i deu 導 遊
여행사 yeo haeng sa 旅行社	신청서 sin cheong seo 申請書	안내시간 an nae si gan 開放時間	종료시간 jong lyo si gan 結束時間
배낭여행 bae nang yeo haeng 自助旅行	패키지여행 pae ki ji yeo haeng 套裝旅行(跟團)	코스 ko seu 行 程	행선지 haeng seon ji 旅遊地

例 하루에 얼마예요? 一天多少費用呢？
ha lu e eol ma e yo？

혹시 OO있습니까? 請問有OO嗎？
hok si OO iss seub ni kka？

OO이/가 어디에 있는지 알려주세요. OO在哪邊請告訴我。
OOi/ga eo di e iss neun ji al lyeo ju se yo.

길 좀 가르쳐주세요. 請告訴我怎麼走。
gil jom ga leu chyeo ju se yo.

여기가 어디입니까? 這裡是哪裡？
yeo gi ga eo di ib ni kka？

제가 길을 잃어 버렸습니다. 我迷路了。
je ga gil eul ilh eo beo lyeoss seub ni da.

사진을 한장 찍을 수 있습니까? 可以照一張像嗎？
sa jin eul han jang jjik eul su iss seub ni kka？

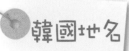
韓國地名

경기도 gyeong gi do 京畿道	서울 seo ul 首爾	인천 in cheon 仁川	강원도 gang won do 江原道	춘천 chun cheon 春川	충청복도 chung cheong bok do 忠清北道
충청남도 hung cheong nam do 忠清南道	공주 gong ju 公州	전라북도 jeon la bok do 全羅北道	전주 jeon ju 全州	경상북도 gyeong sang buk do 慶尚北道	안동 an dong 安東
전라남도 jeon la nam do 全羅南道	광주 gwang ju 光州	경주 hycong ju 慶州	대구 dae gu 大邱	경상남도 hyeong sang nam do 慶尚南道	부산 bu san 釜山
여수 yeo su 麗水	제주도 je ju do 濟州島	동대문 dong dae mun 東大門	인사동 in sa dong 仁寺洞	명동 myeong dong 明洞	N서울 타워 n seo ul ta wo N首爾塔
신촌 sin chon 新村	이대 i dae 梨大	홍대 hong dae 弘大	종로 jong lo 鍾路	광화문 gwang hwa mun 光化門	경복궁 gyeong bok gung 景福宮
강남 gang nam 江南	압구정 ab gu jeong 狎鷗亭	미술관 mi sul gwan 美術館	박물관 bak mul gwan 博物館	기념관 gi nyeon gwan 紀念館	백화점 baek hwa jeom 百貨公司

例 OO에 가고 싶습니다. **想要去OO。**

OOe ga go sip seob ni da.

여기로 가려면 어떻게 가야 합니까? **想去這邊的話該怎麼去？**

yeo gi lo ga lyeo myeon eo tteoh ge ga ya hab ni kka？

남산 타워

形容詞 — 常用形容詞

크다 keu da 大	작다 jak da 小	뚱뚱하다 ttung ttung ha da 胖	날씬하다 nal ssin ha da 瘦
두껍다 du kkeob da 厚	얇다 yeolb da 薄	넓다 neolb da 寬	좁다 job da 窄
길다 gil daa 長	짧다 jjalb da 短	가볍다 ga byeob da 輕	무겁다 jmu geob da 重
시원하다 si won ha da 涼爽	따뜻하다 tta tteus ha da 溫暖	간단하다 gan dan ha da 簡單	어렵다 eo lyeob da 難
새롭다 sae lob da 新	오래되다 o lae doe da 舊	고소하다(향) go so ga da (hyang) 香	냄새가 나다 naem sae gana da 臭
춥다 chub da 冷	덥다 deob da 熱	비싸다 bi ssa da 貴	싸다 ssa da 便宜
빠르다 ppa leu da 快	느리다 Neu li da 慢	조용하다 jo yong ha da 安靜	시끄럽다 si kkeu leob da 吵雜
높다 nop da 高	낮다 naj da 低	있다 iss da 有	없다 eobs da 沒有

例 날씨가 덥습니다 / 춥습니다 / 시원합니다 / 따뜻합니다. 天氣 熱 / 冷 / 涼爽 / 溫暖。
<u>nal ssi ga</u> <u>deob seub ni da</u> / <u>chub seub ni da</u> / <u>si won haeb ni da</u> / <u>tta tteus haeb ni da.</u>

情緒形容詞

기쁘다 gi ppeu da 高興	슬프다 seul peu da 難過	좋아하다 joh a ha da 喜歡	싫어하다 silh eo ha da 討厭
즐겁다 jeul geob da 愉快	화나다 hwa na da 生氣	기뿐이 좋다 gi ppu ni joh da 興奮	기뿐이 좋지않다 gi ppu ni jo ji an da 不高興
컨디션이 좋다 keon dl syeon Joh da 有精神	피곤하다 pi gon ha da 疲倦	열정 yeol jeong 熱情	냉정 naeng jeong 冷靜
안심 an sim 安心	걱정 geok jeong 擔心	만족 man jok 滿足	불만 bul man 不滿意
예쁘다 ye ppeu da 漂亮	잘 새기다 jal seo gu da 英俊	멋있다 meos iss da 帥氣	귀엽다 kwi yeob da 可愛
웃다 us da 笑	울다 ul da 哭	신나다 sin na da 開心	답답하다 dab dab hada 悶悶不樂

例 저는 예쁘지 / 멋있지 / 귀엽지 않습니까?　我不 漂亮 / 帥氣 / 可愛 嗎？
jeo neun　ye bbeu ji / meos iss ji / gwi yeob ji　anh seob ni kka？

당신은 때문에 웃었 / 울었 / 신났 / 답답했습니다.
dang sin eun　ttae mun e　us eoss / ul eoss / sin nass / dab dab haess seub ni da..

因為你 笑了 / 哭了 / 高興了 / 悶悶不樂了。

성격 seong gyeok 個性	활발하다 hwal bal ha da 開朗	외성적 oe seong jeok 外向	내성적 nae seong jeok 內向
조심스럽다 jo sim seu leob da 小心翼翼	세심하다 se sim ha da 細心	부주의하다 bu ju ui ha da 粗心	제멋대로 하다 je meos dae lo ha da 任性
이성적 i seong jeok 理性	감성적 gam seong jeok 感性	착하다 chak ha da 乖巧	개구쟁이 gae gu jaeng i 頑皮

例 제 성격은 OOOO입니다. 我的個性是OOOO。

je seong gyeok eun OOOO ib ni da.

제 친구의 성격은 OOOO입니다. 我朋友的個性是OOOO。

je chin gu ui seong gyeok eun OOOO ib ni da.

常用副詞、量詞

副詞

요즘 yo jeum 最近	나중에 na jung e 以後	저번에 jeo beon e 上次	이번에 i beon e 這次
금방 geum bang 馬上	바로 ba lo 立刻	갑자기 gab ja gi 突然	계속 gye sok 一直
마지막 ma ji mak 最後	이미 i mi 已經	아직 a jik 還沒	별로 byeol lo 不太
오히려 o hi lyeo 反而	드디어 deu di eo 終於	역시 yeok si 果然	대부분 dae bu bun 大部分

例 나중에 계속 응원해 드라겠습니다. 之後會繼續為你應援。

na jung e gye sok eung won hae deu li gyess seub ni da.

갑자기 놀랐습니다. 突然嚇到了。

gab ja gi nol lass seob ni da.

한국어 아직 못 하니까 천천히 말해 주세요. 韓文還不太會所以請慢慢說。

han kuk eo a jik mos ha ni gga cheon cheon hi mal hae ju se yo.

量詞

분 bun 位	권 kwon 冊、卷	컵(잔) keob (jan) 杯	그릇 geu leus 碗
개 gae 個	대 dae 台、輛	마리 ma li 隻、頭	켤레 kyeol le 雙
마디 ma di 句	장 jang 張	통 tong 桶	벌 beol 套(衣服)
킬로미터 kil lo mi teo 公里	미터 mi teo 公尺	배 bae 倍	회,번 hoe, beon 回、次

例 한 잔 드실래요? **要喝一杯嗎？**

han jan deu sil lae yo.

한 마디로 표현하지 못 합니다. **不是一句話能表達的。**

han ma di lo pyo hyeon ha ji mos hab ni da.

몇 번 말했습니까? **說過幾遍了？**

myeoch beon mal haess seob ni kka？

字典也不會教妳的 生活流行語

홈페이지 hom pe i ji 網頁	포털사이트 po teol sa i teu 搜尋引擎	블로그 beul lo geu 部落格	싸이월드 ssa i wol deu Cy World
트위터 teu wi teo Twitter	페이스북 pe i seu buk Facebook	네이버 ne i beo Naver	야후 ya hu Yahoo
로그인 lo geu in 登入	로그아웃 lo geu a us 登出	아이디 a i di 帳號	비밀번호 byeol lo 密碼
댓글(리플) dae geul(li peul) 回覆	카페 ka pe 論壇	누리꾼 nu li kkun 網民	네티켓 ne ti kes 網路禮儀

例 개인 홈페이지 있으면 알려 주세요. 如果有個人網頁的話請告訴我。

gae in hom pe i ji iss eu myeon al lyeo ju se yo.

사진을 보고 싶으면 제 블로그에 가서 보세요. 想看照片的話請到我的部落格。

sa jin eul bo go sip eu myeon je beul lo geu e ga seo bo se yo.

누리꾼 인기투표. 網民人氣投票。

nu li kkun in gi tu pyo.

PS 在韓國第一大的搜尋引擎是Naver網站，除此之外學韓文的也會常常使用Naver裡面的辭典功能，當然韓國人也還會常用Daum、Nate、Yahoo等這些搜尋引擎。

在前陣子，韓國人常用的個人網頁大多是Cy World、Naver部落格，幾乎每個韓國人都會有其中一個或是兩個同時使用，如同台灣人使用無名部落格的頻率，但是現在韓國人大多也都使用Twitter較多，就像是現在在台灣Facebook、微博的頻率。

연예계 yeon ye gye 演藝圈	소속사 so sok sa 經紀公司	데뷔 dae bwi 出道	팬클럽 paen keul leob 後援會
앨범 ael beom 專輯	힛트곡 his teu gok 熱門曲	생방송 saeng bang song 直播	립싱크 lib sing keu 對嘴
아이돌 a i dol 偶像	가수 ga su 歌手	개그맨 gae geu maen 搞笑藝人	배우 bae u 演員
영화 yeong hwa 電影	헐리우드 heol li u deu 好萊烏	드라마 deu la ma 偶像劇	남 / 여 주인공 nam / yeo ju in gong 男 / 女 主角
엑스트라 ek seu teu la 臨時演員	박스오피스 bak seu o pi seu 票房	시청률 si cheong lyul 收視率	해적판 hae jeok pan 盜版
오디션 chub da 徵選會	인터뷰 in teo byu 採訪	파파라지 pa pa la ji 狗仔隊	스캔들 seu kaen deul 緋聞

例 저는 OOO가수 / 배우 를 제일 좋아합니다. **我最喜歡OOOO歌手 / 演員。**

jeu neun OOO ga su / bae u leul je il joh a hab ni da.

팬클럽을 가입한 것 기본입니다！ **加入後援會是基本的！**

paen keul leob leul ga ib han geon gi bon ib ni da.

PS 韓國藝人常常會有一些不同的稱呼，大多都是以"國民OO"(국민OO)開頭，表示這位藝人在全韓國人的心中是
這樣的地位；例如：國民弟弟、國民妹妹、國民男朋友、國民寵物偶像…等等。

粉絲群在韓國是用"部隊(부대)"這個單字形容，依照每個藝人的特質，所吸引到的族群也就不一樣，所以就會
延伸出哥哥部隊、姐姐部隊、大叔部隊等各式各樣不同的名稱。